Kurt Dohm

Das Weihnachtsfenster

Kurt Dohm

Das Weihnachtsfenster

Betrachtungen eines Lebens

Fromm Verlag

Impressum / Imprint
Bibliografische Information der Deutschen Nationalbibliothek: Die Deutsche Nationalbibliothek verzeichnet diese Publikation in der Deutschen Nationalbibliografie; detaillierte bibliografische Daten sind im Internet über http://dnb.d-nb.de abrufbar.

Bibliographic information published by the Deutsche Nationalbibliothek: The Deutsche Nationalbibliothek lists this publication in the Deutsche Nationalbibliografie; detailed bibliographic data are available in the Internet at http://dnb.d-nb.de.

Coverbild / Cover image: www.ingimage.com

Verlag / Publisher:
Fromm Verlag
ist ein Imprint der / is a trademark of
AV Akademikerverlag GmbH & Co. KG
Heinrich-Böcking-Str. 6-8, 66121 Saarbrücken, Deutschland / Germany
Email: info@frommverlag.de

Herstellung: siehe letzte Seite /
Printed at: see last page
ISBN: 978-3-8416-0362-3

Inhaltsverzeichnis

1935 - Sternengruß

Die Großmutter hatte hier gewohnt. Sie war Ende Oktober gestorben. Seitdem war das Zimmer unverändert geblieben. Es war die kleinste Kammer in der Wohnung. Links vom Fenster stand noch ihr Bett mit den hohen Kopf- und Fußteilen. Ein großes Federbett, frisch bezogen mit weißer Wäsche, bauschte sich auf der Matratze. Gegenüber, an der anderen Wandseite stand ein Vertiko mit gedrechselten Säulchen und einem geschwungenen Aufsatz. Es enthielt immer noch die Wäsche der Großmutter und ein paar ihrer persönlichen Habseligkeiten wie etwas Schmuck, die Brillen, einige alte Fotos sowie ihre Bibel und ihr Gesangbuch. Rechts in der Ecke des kleinen Zimmers befand sich der gusseiserne Kohlenofen, der aber seit dem Tod der Großmutter nicht mehr angefacht worden war. In der Mitte des Raumes stand ein runder Tisch mit einer Häkeldecke darauf, daneben ein einfacher Sessel aus geflochtenen Weiden. Eine braune Wolldecke war locker über die Lehne geworfen. Über dem Tisch hing eine Lampe mit einem elfenbeinfarbenen Porzellanschirm von der Decke herab. Sie gab nur wenig Licht, so dass der Raum in der Dunkelheit immer nur in ein schwaches Dämmerlicht getaucht war.

Luise hatte das Licht nicht eingeschaltet, als sie dieses Zimmer der Großmutter das erste Mal seit ihrem Tod wieder betreten hatte. Nichts erinnerte darin mehr an den Menschen, der es bewohnt hatte, nichts an die Zeit des langen Krankenlagers. Die Mutter hatte alles entfernt oder weggeräumt. Die Kinder durften es nicht betreten. Es war für sie wie eine geheime Kammer gewesen, von der sie sich vorstellten, dass sie etwas Ungeahntes und Wunderbares enthalten mochte. Und nun war in ihm nichts Geheimnisvolles, auch nicht an diesem Abend vor dem Weihnachtsfest. Es gab nichts zu entdecken. Das Zimmer war kalt und strömte den dumpfen Geruch unbewohnter Räume aus.

Luise trat ans Fenster. Die rotsamtenen Vorhänge waren zur Seite gezogen. Die Stores waren so gerafft, dass man aus dem Fenster sehen konnte, ohne sie erst wegschieben zu müssen. Das Fenster war völlig von Eisblumen überzogen. Seit zwei Wochen hatten sie strengen Frost, der auch die anderen Fenster der Wohnung zufrieren ließ. Erst nachdem morgens in der Küche der Herd angeheizt worden war, wurde dort das Fenster frei. Das Wohnzimmer wurde immer erst nachmittags beheizt, wenn die Kinder aus der Schule kamen. Luise hauchte mehrmals gegen die Scheibe, bis sich ein kleiner Durchblick öffnete. Mit ihrer warmen Hand rieb sie über die Stelle, so dass sie sich vergrößerte und sie schließlich auf die Straße blicken konnte.

Es war schon früh dunkel geworden. Auf der Straße lag Schnee, der im Schein der Straßenlaterne glitzerte und funkelte. Einige Fenster der gegenüberliegenden Häuser waren beleuchtet, die meisten lagen ganz im Dunkeln. Im zweiten Stock des Hauses neben der Laterne hatte man wohl schon den Weihnachtsbaum geschmückt. Luise konnte ihn im Lichte des Wohnzimmers erkennen. Bei ihnen selber stand der Baum noch auf dem Balkon vor dem Schlafzimmer der Eltern. Der Vater würde ihn erst morgen früh in die Stube bringen und wie immer mit silbernen Kugeln und Lamettastreifen schmücken. Die Kinder würden den ganzen Tag in der Küche verbringen müssen, wenn sie nicht nach draußen oder zu Freunden gingen. Mittags würde es außer den Resten vom Vortage nichts weiter zu essen geben. Am Abend, nach der Bescherung, aßen sie dann wie an jedem Weihnachtsfest Kartoffelsalat mit Würstchen. Früher hatte die Großmutter immer den Kartoffelsalat zubereitet. Die Kinder wurden am Nachmittag bis zum Gottesdienst aus der Wohnung geschickt, um den Eltern nicht im Wege zu sein. Sie besuchten in diesen Stunden eine Schwester der Mutter, die in der Nachbarstraße wohnte. Diese Tante, schon etwas älter, war unverheiratet und nahm die Kinder an diesem Nachmittag gern bei sich auf. Da gab es dann auch eine Tasse heißen Kakao und selbstgebackene Kekse. Erst abends, nach dem Gottesdienst in der nahen Jakobi-Kirche, bei dem die Tante sie begleitete, würden sie die gute Stube betreten dürfen.

Luise konnte jetzt den Himmel über den Häusern erkennen. Der Wind hatte die Wolken für eine Weile fortgefegt und gab den Blick frei auf einen tiefschwarzen mondlosen Himmel mit Myriaden von Sternen. Luise schien es, als sei der ganze Himmel in Bewegung geraten. Die Sterne tanzten wie vor einem schwarzen Vorhang, als ob sie ein großes Fest feierten. Einer der Sterne leuchtete besonders hell. Ob er damals vor mehr als tausend Jahren der Stern wohl von Bethlehem gewesen ist? - dachte Luise. Oder was wäre, wenn gerade in diesem Augenblick der Heiland ein zweites Mal geboren würde und dieser Stern nun über einem Kinderbett irgendwo in ihrer Stadt oder auf einem Dorf in der Nähe stünde, als Zeichen für die Wiederkunft des Heilands? Müssten dann nicht gleich die Engel am Himmel erscheinen und die frohe Nachricht verkündigen? Und Luise, die kleine Luise, mit ihren acht Jahren, sie wäre dann womöglich die erste, die davon erführe. Luise spürte, wie ihr ein Schauer über den Rücken rann. Sie rieb mit der Faust über die Fensterscheibe, um die Öffnung zu vergrößern.

Aber vielleicht bedeutete der Stern auch etwas ganz anderes. Die Großmutter hatte ihr einmal erzählt, dass für jeden Menschen, der stirbt, ein neuer Stern am Himmel aufleuchtete. Und wenn jemand ein ganz besonders lieber und guter Mensch war, dann würde sein Stern auch besonders hell strahlen. Vielleicht war dieser helle Stern dort ja der Stern der Großmutter, die ihr nun freundlich vom Himmel herab zublinzelte. Luise wurde es ganz warm ums Herz. Vorsichtig öffnete sie das Fenster einen Spalt weit, das sich wegen des Frostes nur sehr schwer aufschieben ließ, und winkte der Großmutter zu. Und sprach leise dazu: „Fröhliche Weihnachten, Großmutter!“

Da hörte sie ihre Mutter vom Flur her rufen: „Luise, wo bist du?“ - Schnell schloss sie das Fenster wieder und verriegelte es. Die Mutter war ins Zimmer getreten: „Was machst du da, Luise?“ - „Ich habe nur der Omi 'Frohe Weihnachten' gewünscht. Und sie hat mir vom Himmel zugeblinzelt.“ - „Nun komm, wir wollen essen. Wenn du willst, kannst du nach Weihnachten das Zimmer von Großmutter haben. Vater wird es dir herrichten. Dann brauchst nicht mehr mit deiner kleinen Schwester das Zimmer zu teilen.“ - Luise konnte es kaum glauben: ein eigenes Zimmer! Das wäre das größte Weihnachtsgeschenk für sie. Glücklich folgte sie der Mutter. Bevor sie die Tür hinter sich Schloss, drehte sich noch einmal nach dem Fenster um, das sich vom Dunkel des Raumes mit seinen Eisblumen hell abhob.

1943 – Eiszeit

Nur wenig hatte sich in der Kammer verändert, die jetzt Luises Zimmer war. Der Vater hatte noch im letzten Jahr, als er von der Front auf einen kurzen Urlaub heimgekehrt war, die Wände frisch übergestrichen. Ein kleines Nachttischen war hinzugekommen, auch stand noch ein einfacher Stuhl am Tisch. Über das Bett war eine Tagesdecke mit großem Blumenmuster geworfen. Ein paar von Luises Kleidungsstücken lagen am Fußende. Auf dem Tisch stand eine rote Adventskerze, die jetzt aber nicht angezündet war. Das einzige Licht kam vom Kohleofen, dessen rotglühende Flammen durch die Klappe leuchteten. Brennmaterial war knapp und nur noch schwer zu bekommen. Der Ofen wurde darum nur am Abend ein wenig angeheizt, wenn Luise von ihrem Dienst als Hausmädchen bei einer der bürgerlichen Familien zurückgekehrt war. Der Vater dieser Familie war Arzt und führte eine große Praxis in der Innenstadt. Die Mutter war Musikerin, aber hatte jetzt nur noch selten Auftritte. Die beiden kleineren Kinder waren nach Thüringen evakuiert worden, die beiden größeren besuchten das Gymnasium. Luise liebte die Kinder. Eigentlich hätte sie die beiden Kleinen begleiten sollen, aber nun brauchte die eigene Mutter sie, da es ihr gar nicht gut ging. Die Krebserkrankung war schon weit fortgeschritten. Luise wollte wenigstens in der Nacht bei ihr sein, um sie bei Alarm in den Bunker bringen zu können. Tagsüber kam sie allein zurecht. Und da war auch noch die zwei Jahre jüngere Schwester, die tatkräftig genug war. Der Bruder war in diesem Herbst auch eingezogen worden. Glücklicherweise musste er noch nicht an die Front, sondern war im Osten des Reiches bei einer Nachschubeinheit stationiert. Trotzdem war da immer unausgesprochen die Sorge um ihn wie um den Vater, von dem sie schon seit Wochen nichts mehr gehört hatten.

Luise hatte das schwarze Verdunkelungsrollo aufgezogen. Die Fensterscheiben waren frei, nur an den Rändern stand noch das dicke Eis, das jetzt langsam auf die Fensterbank tropfte. Eine zusammengerollte Decke fing das Tropfwasser auf und schützte zugleich vor Zugluft. Zum Glück hatten die Scheiben nach dem letzten Angriff bald wieder ersetzt werden können. Draußen auf der Straße war es dunkel. Die Straßenlaternen waren abgeschaltet. Nur wenig Licht drang aus einzelnen Fenstern. Die geschwärzten Ruinen der beiden Häuser schräg gegenüber wirkten heute richtig gespenstisch. Es war ein besonders schöner und lauer Augustabend gewesen, als die Brandbomben sie getroffen hatten. An diesem Abend war die ganze westliche Vorstadt in Flammen aufgegangen. So hatte es für diese beiden Häuser niemanden gegeben, der das Feuer noch rechtzeitig hätte löschen können. Wenigstens waren hier keine Menschen zu Schaden gekommen.

Die letzten Tage war es sehr kalt gewesen, aber Schnee hatte es nicht gegeben. Ein grauer Himmel lag schwer auf der Stadt und dämpfte die ohnehin nur schwache Weihnachtsfreude. Luise blickte die Straße hinunter. Zwei Nachbarskinder in dicken grauen Wintermänteln und Wollmützen auf dem Kopf verließen ihr Haus und gingen in Richtung Hauptstraße. Ein älterer Mann zog einen kleinen Wagen mit einem Sack Kohlen darauf hinter sich her. Er ging müde und gebückt. Der Sohn war vor kurzem an der Ostfront gefallen, wie Luise wusste. Und seine Frau lag zuhause mit einer schweren Lungenentzündung. Jetzt kam eine junge Frau die Straße herab. Sie war für die Kälte recht dünn angezogen. Mit einem Kopftuch schützte sie sich vor dem Wind. Sie schritt recht eilig aus, als wollte sie den Weg möglichst schnell hinter sich bringen. In der rechten Hand hielt sie eine kleine Fichte, die sie wohl irgendwo noch aufgetrieben haben mochte, in der Linken trug sie einen Einkaufsbeutel, der nicht viel zu enthalten schien. Luise kannte sie und wusste, dass sie ihre kleine Tochter allein großzog. Der Mann hatte sie nach der Geburt des Kindes verlassen und war unauffindbar untergetaucht. Manche raunten, dass er Kommunist gewesen sei. Vielleicht war er auch in eines der Lager gebracht worden, die es jetzt überall gab und über die man besser nicht sprach.

Luise starrte nun schon eine ganze Weile hinaus. Wann würde dieser schreckliche Krieg endlich vorüber sein? So viele ihrer Freundinnen hatten schon jemanden aus der Familie verloren, den Vater, einen Bruder, den Verlobten. Andere waren schon mehrfach ausgebombt worden. Oft gab es nur wenig zu essen. Schlimm war die Kälte. Manchmal glaubte Luise, sie würde nie mehr richtig warm werden. Auch jetzt fror sie trotz der Wärme aus dem Ofen. Am schlimmsten aber waren die Bombennächte, wenn sie durch den Alarm aus dem Schlaf gerissen wurden und in den nächsten Bunker eilten. Und dann war da die Angst, diese Angst, die sie nie verließ: Angst um die geliebten Menschen, Angst um die Wohnung, Angst um das eigene Leben. Würde das nie aufhören?

Wenn es nur morgen keinen Alarm gäbe! Wenn sie nur morgen gemeinsam mit der Mutter, der Schwester und der Tante ihr bescheidenes Weihnachten feiern könnten! Luise hatte einen Baum besorgt, die Kerzen hatten sie selbst aus alten Wachsresten gezogen, die Tante hatte sogar einen Braten beschaffen können. Und aus den Zutaten, die sie sich im Laufe der letzten Wochen aufgespart hatten, hatte sie so etwas wie einen Wickelkuchen gebacken. Freilich waren es recht seltsame Zutaten, die mit dem ursprünglichen Rezept nur wenig zu tun hatten. Aber sie wollten den morgigen Abend doch festlich begehen. Und der Brüder würde gewiss auf Weihnachtsurlaub kommen, hatte er geschrieben. Vom Vater hatten sie keine Nachricht, aber die Mutter mochte die Hoffnung nicht aufgeben, dass er vielleicht doch noch über das Fest kommen könnte.

Die Straße lag jetzt still und leer da. Kein Stern schien vom Himmel, kein Mond erleuchtete die Welt. Luise wollte gerade vom Fenster zurücktreten, um das Rollo herunter zu ziehen und ihre Adventskerze anzuzünden, da hörte sie leise Flötentöne. Irgendwo da draußen spielte jemand eine Weihnachtsmelodie. Luise öffnete das Fenster und lauschte hinaus. Hell und deutlich erklang die Melodie des alten Chorals „O Heiland, reiß die Himmel auf..." Sehnsüchtig und verheißungsvoll zugleich schwebten die Töne von irgendwo gegenüber herauf zu Luises Fenster. Von dort drüben mochten sie kommen, da im Erdgeschoß, wo die Zwillinge wohnten. Und nun mischte sich gar ein tieferer Ton dazu. Luise kamen die Verse in den Sinn, die sie selbst noch im Kinderchor der Gemeinde mitgesungen hatte: „Wo bleibst du, Trost, der ganzen Welt, darauf sie all ihr Hoffnung stellt? O komm, ach komm vom höchsten Saal, komm, tröst' uns hier im Jammertal." Dann eine andere Melodie: „Nun komm, der Heiden Heiland..." und: „Es kommt ein Schiff geladen..." und noch manche andere. Luise schloss das Fenster. Trotz der Kälte draußen war ihr warm geworden. Die alte Angst war verschwunden. Nein, an diesem Weihnachtsfest würde es gewiss keinen Angriff geben. Der Bruder würde da sein. Und vielleicht auch der Vater oder es würde ein Brief von ihm kommen. Luise war sich ganz sicher

1951 - Die Kälte weicht

Seit Tagen hatte es geschneit. Luise konnte sich nicht erinnern, jemals eine so schneereiche Vorweihnachtszeit erlebt zu haben. Sie war mit der Straßenbahn gekommen und hatte das letzte Stück Weg zu Fuß zurückgelegt. Die Fußwege waren oft nur eben so geräumt worden. Vor den Trümmergrundstücken lag der Schnee so hoch, dass Luise auf die andere Straßenseite ausgewichen war, um zu verhindern, dass ihr der Schnee in die Stiefel geriet. Es schneite immer noch in dicken Flocken. Alle Geräusche waren nur gedämpft zu vernehmen. Nur wenige Wagen waren an diesem Abend auf der Hauptstraße unterwegs. Ihre Fahrgeräusche waren kaum zu hören und ihre Scheinwerfer tauchten unvermittelt auf und verschwanden ebenso rasch wieder im Schneetreiben. In den Nebenstraßen war kaum ein Mensch zu sehen. Hier und dort räumte jemand den Schnee vom Fußweg, aber die Mühe war ziemlich sinnlos, da schon bald alles wieder zugeschneit war.

Es war spät geworden. Die Kaufhäuser hatten wegen des Weihnachtsgeschäftes an diesem Abend länger als gewöhnlich geöffnet. Luise arbeitete in der Schuhabteilung. Besonders Winterstiefel waren jetzt gefragt, aber die Auswahl war nicht sehr groß und das Angebot von schlechter Qualität. Man merkte, dass das Kriegsende noch nicht lange her war. Luise hatte Gefallen an ihrer Arbeit. Sie liebte den Kontakt mit den Menschen, das Gespräch mit den Kunden. Besonders die Kinder machten ihr Freude. Sie mochte auch das Material, den Geruch des Leders, die glatte, glänzende Oberfläche. Aber nur wenige Kunden konnten sich Schuhe aus echtem Leder leisten. Auch Luises Verdienst war nicht sehr groß, aber er reichte zum Leben und um die Miete für die kleine

Wohnung, die sie in der östlichen Vorstadt gefunden hatte, zu bezahlen. Vor einem halben Jahr war sie zuhause ausgezogen. Jetzt war sie wirklich erwachsen. Aber es zog sie doch immer wieder nach Hause. Auch wegen der Mutter. Die Krebserkrankung war zwar zu aller Überraschung nach einer Operation zum Stillstand gekommen. Aber sie war doch recht geschwächt. Nur gut, dass die Schwester noch da war und der Bruder in der Nähe wohnte.

Die Tasche in der rechten Hand wurde ihr langsam schwer. Sie wollten heute Abend noch Kekse miteinander backen, Luise, die Mutter und die Schwester. Luise hatte alle notwendigen Zutaten eingekauft. Im Kaufhaus war manches doch leichter zu bekommen. Besonders freuen aber würde sich die Mutter über den echten Bohnenkaffee, den sie dabei hatte, ein ganzes Viertelpfund, frisch von der Rösterei, die jetzt wieder einen kleinen Laden gegenüber dem Kaufhaus betrieb. Das würden sie sich heute nicht nehmen lassen, eine gute Tasse Kaffee beim Kekse Backen, dazu ein Gläschen Mokka-Likör, der ebenfalls in der Tasche war.

Aber nicht dieser Erwartung wegen ging sie nun doch etwas schneller. Sie würden heute noch Besuch bekommen. Sie wollte der Mutter ihren Bekannten vorstellen. Es wurde auch langsam Zeit, denn sie kannten sich schon seit drei Monaten. Bisher hatten sie sich immer in der Stadt oder bei Luise getroffen. Die Mutter wusste nichts davon, nur die Schwester war eingeweiht. Und so sollte das an diesem Abend die große Überraschung werden.

Nachdem Luise Mutter und Schwester begrüßt und ihr Mitgebrachtes in der Küche abgestellt hatte, ging sie erst einmal in ihr altes Zimmer. Darin hatte sich nichts verändert, seit sie ausgezogen war. Sie übernachtete ja auch noch oft hier, besonders am Wochenende. Luise schaltete das Licht ein, öffnete die Ofenklappe, legte altes Zeitungspapier hinein, paar Holzscheite und einige kleinere Brikettstückchen darauf. Dann zündete sie das Papier an, das gleich Feuer fing. Schon nach kurzer Zeit knisterten die Holzscheite, die Briketts wurden rot und Luise konnte durch die obere Ofenklappe weitere Kohlen nachschütten. Bald wurde es heimelig warm im Zimmer.

Luise sah aus dem Fenster. Nichts bewegte sich auf der Straße. Kein Wagen, kein Mensch war unterwegs. Auf der Baustelle gegenüber, wo die beiden im Krieg zerstörten Häuser wieder aufgebaut wurden, waren die unvollendeten Mauern, die Gerüste, der Kran und alles Gerät mit einer dicken Schneedecke überzogen. Im Lichte der Straßenlaternen tanzten die Schneeflocken. Luise versuchte immer wieder, eine der Flocken zu verfolgen, bis sie auf den Boden fiel. Aber jedes Mal verlor sie sie vorher aus den Augen. Sie sah die Straße hinauf, soweit es ging. Er müsste doch eigentlich schon da sein. Aber vielleicht fuhr die Bahn wegen des Schnees nicht mehr regelmäßig. Oder er war in seinem Betrieb länger aufgehalten worden.

So stand sie am Fenster und die verschiedensten Gedanken gingen ihr durch den Kopf. Ja, sie war verliebt in ihn, und er war ein aufrechter guter Mann, sah auch ganz gut aus, konnte sogar wie nur wenige Männer leidlich tanzen. Aber war er der Mann, mit dem sie ihr ganzes Leben teilen wollte? Sollte er der Vater ihrer Kinder sein? Würde alles gut gehen? Die Zeiten waren unsicher, die Zukunft war ungewiss. Würde der Frieden halten? Man redete schon wieder von Krieg. Dabei war die größte Not doch immer noch nicht vorbei. Durfte man in solcher Zeit überhaupt an Ehe und Familie denken? Vielleicht gerade. Vielleicht half das, alles, was gewesen war, zu vergessen, diesen Krieg, das schreckliche Morden, das mit den Juden, die Not. Sollte man nicht vor allem nach vorn sehen? Sich ein ganz neues, eigenes Leben aufbauen? Es konnte doch nur besser werden. Gegenüber wurde gebaut, die Lücken wurden geschlossen. War das nicht ein Symbol für die neue Zeit?

Dahinten kam er. Ja, es war richtig. Noch heute würde sie mit ihm darüber sprechen, dass sie sich doch verloben sollten. Warum nicht schon morgen, am Heiligen Abend, oder an Silvester? Luise blickte noch einmal nach draußen. Wie er so ging, wie er ausschritt, kraftvoll, gegen Wind und Schneetreiben! Und sie spürte, wie ein gutes, warmes Gefühl in ihr aufstieg, das nicht vom Ofen her kam. Schnell trat sie vom Fenster zurück, zog das Rollo herunter und ging zur Mutter in die Küche.

1959 - Neuer Glanz kehrt ein

Luise drehte die Heizung etwas höher. Vor einem halben Jahr hatten sie in der Wohnung eine Gas-Zentralheizung einbauen lassen. Sie erinnerte sich noch gut an die alten Kohleöfen. Jeden Morgen, wenn sie aufstanden, war es bitterkalt gewesen in der Wohnung. Die Mutter hatte erst einmal den Herd in der Küche von der Asche gereinigt, dann mit Papier, Holz und Brikett ein erstes Feuer angefacht, so dass sie sich wenigstens im Warmen waschen und frühstücken konnten. Jetzt brauchte man nur noch den Heizkörper aufzudrehen und in jedem Zimmer wurde es behaglich warm. Auch nachts kühlte die Wohnung nicht mehr so aus. Eisblumen an den Fenstern gab es auch nicht mehr.

Nach dem Tod der Mutter waren sie, ihr Mann und die beiden Jungen in die elterliche Wohnung eingezogen. Natürlich war alles gründlich renoviert und modernisiert worden. Aus der Abstellkammer wurde ein Bad mit Dusche, die Küche hatte eine neue Spüle und einen modernen Gasherd erhalten. Auch die Fenster waren erneuert worden, und eben die Zentralheizung eingebaut worden.

Bis zu ihrem 24.Geburtstag hatte Luise mit ihrer kleinen Schwester und der Mutter zusammengelebt. Der Vater war damals nicht mehr aus dem Krieg heimgekehrt. Am Heiligen Abend 1943 hatten sie die Nachricht von der Wehrmacht erhalten: „An der Ostfront vermisst." Der Bruder war glücklich heimgekommen. Er hatte nur eine leichte Verletzung erlitten. Bald nach Kriegsende hatte er geheiratet und wohnte nun mit seiner Familie ein paar Straßen weiter. Luise hatte sich eine eigene kleine Wohnung in einem anderen Stadtteil gesucht. Eigentlich war es nur ein

Zimmer mit Kochnische und Gemeinschaftstoilette gewesen, aber dies konnte sie sich von ihrem kleinen Gehalt als Verkäuferin in einem großen Kaufhaus gerade so leisten. Eine richtige Lehre hatte sie ja nicht machen können. Aber das hatte sie nie bereut. Seit der Heirat vor sechs Jahren war sie nicht mehr berufstätig. Das Gehalt ihres Mannes reichte aus, und sie musste sich ja auch um die Kinder kümmern.

Das Zimmer, in dem einst die Großmutter und später sie selbst gelebt hatten, hatte sich sehr verändert. Wo einst das Vertiko stand, befand sich jetzt das Bett, in dem der Kleine schlief. Gleich daneben stand die Kommode, auf der sie ihn immer gewickelt hatte. Gegenüber, links vom Fenster war ein Kleiderschrank, in dem sie die Wäsche des Jungen und auch die Bettwäsche der Familie aufbewahrte. Der alte Sessel aus Weidenrohr und auch der Tisch standen noch immer in der Mitte des Zimmers. Über dem Tisch hing jetzt eine Lampe mit einem bunten Schirm. Überhaupt war das Zimmer kinderfreundlich eingerichtet: eine Tapete mit Bärenmotiven, helle freundliche Vorhänge vor dem Fenster.

Das Rollo war hochgezogen. Von draußen schien die Straßenlaterne in das Zimmer, das sonst ganz im Dunkeln lag. Luise hatte das Licht nicht eingeschaltet, um den Kleinen nicht zu wecken, der bereits friedlich in seinem Bett schlief. Die Fenster der gegenüberliegenden Häuser waren fast alle hell beleuchtet. Man erkannte Zeichen geschäftigen Treibens. Aus einigen erstrahlten schon die ersten Lichterbäume in ihrem Glanz. Die Ruinen der beiden zerstörten Häuser waren gesichtslosen Neubauten gewichen. Größere Kinder bewarfen sich auf der Straße mit Schneebällen. Die Nachbarin von rechts räumte zum letzten Mal an diesem Tag den Schnee vom Fußweg auf die Straße. Sie wurde von denen, die von ihrer Arbeit zurückkehrten, freundlich gegrüßt. Manche der Heimkehrenden hatten volle Taschen oder kleine Päckchen bei sich. Sie waren wohl noch kurz vorher in der Stadt gewesen, die letzten Geschenke einzukaufen. Hier und dort parkte ein Wagen vor den Häusern, von einer feinen Schneeschicht wie mit Zuckerguss überzogen. Überhaupt sah die ganze Straße ein wenig wie aus einer Wunderwelt aus. Die Zaunpfosten trugen weiße Schneehauben, die Bäume waren wie mit Puderzucker bestreut, die Dächer glitzerten im Licht des Mondes, der eben als Sichel über ihnen aufging.

Die Glocken der Jakobi - Kirche läuteten den Abend ein. Morgen würden sie gemeinsam mit den Kindern zur Christvesper gehen. Diesmal sollte auch der Kleine mitkommen. Mit seinen vier Jahren würde er dem Krippenspiel schon gut folgen können. Anschließend, nach der Bescherung würden sie zusammen Kartoffelsalat und Würstchen essen, ganz wie früher. Auch die alte Tante wird dabei sein und die Mutter ihres Mannes. Nachher, wenn auch der Sechsjährige zu Bett gebracht worden war, würden Luise und ihr Mann das Weihnachtszimmer schmücken.

Der Christbaum stand schon auf dem Balkon bereit. Luise wollte ihn ganz in weiß, mit Silberkugeln und Silberlametta. Ihr Mann hätte ihn am liebsten fröhlich-bunt geschmückt, mit Holzfiguren, Strohsternen und Konfekt. Jedes Mal hatten sie darum gestritten. Bisher hatte sich immer Luise durchgesetzt. Die Versöhnung endete meist mit einem Gläschen Schokoladenlikör. Aber diesmal würde sie wohl nachgeben müssen. Die Kinder wollten lieber einen bunten Baum, wie ihn der Große bei einem Klassenkameraden gesehen hatte, dessen Eltern aus Thüringen in den Westen geflüchtet waren. Die Geschenke für die Kinder lagen wohlverwahrt hier im Schrank. Für ihren Mann hatte Luise eine elegante Schreibgarnitur gekauft, dazu ein modisches Oberhemd. Den Pullover hatte sie selbst gestrickt.

Luise lauschte den Glocken und dachte daran, wie oft sie schon an einem Abend wie diesem hier am Fenster gestanden hatte. Es hatte eigentlich kein Jahr bis zu ihrem Auszug gegeben, an dem sie sich nicht wenigstens für ein paar Minuten hierher zurückgezogen hatte. Nun stand sie wieder hier, schaute dem Spiel der Kinder auf der Straße zu, die wohl gleich von ihren Müttern hereingerufen würden, blickte in den höher aufsteigenden Mond. War sie glücklich? Auf ihre Weise schon. Aber dennoch war da eine Sehnsucht in ihr, die sie nicht zu beschreiben wusste und von der sie nicht hätte sagen können, worauf sie sich richtete. Ihr wurde eng in der Brust. Sie öffnete das Fenster ein wenig und ließ die kühle Schneeluft in ihre Lungen dringen. Sie sah hinauf in den Himmel, an dem außer dem Mond viele Sterne erstrahlten. Blinzelte jener helle Stern dort ihr nicht zu? Und jener? Und jener? Vorsichtig winkte sie mit der rechten Hand zurück. Dann schloss sie schnell das Fenster und die Vorhänge und ging hinüber in das andere Kinderzimmer.

1967 – Stürmische Zeit

Ein kräftiges Sturmtief war in den letzten Tagen über das Küstenland hinweggezogen, hatte Bäume entwurzelt und Dächer abgedeckt. Die Mülltonnen auf der Straße waren durcheinander gewirbelt worden, ein Gerüst an der Straßenecke hatte gefährlich gewankt, so dass die Feuerwehr eingreifen musste. Für die Kinder war es ein richtiges Abenteuer gewesen, auf den nahen Deich zu gehen und den Wellen zuzuschauen, wie sie am Fuß des Deiches nagten. Das Parzellengebiet war überschwemmt worden und etliche Bewohner waren in Not geraten, weil sie den Aufrufen von Polizei und Feuerwehr keine Folge leisteten. Auch Luise hatte in der Nacht, als der Sturm seinen Höhepunkt erreichte und die Flut am höchsten stieg, keine Ruhe gefunden. Die ganze Nacht über heulten die Sirenen der Rettungswagen.

Noch immer wehte es heftig und das Heulen des Windes war auch bei geschlossenen Fenstern zu hören. Weiße Weihnachten würde es auch in diesem Jahr nicht geben. Allerdings hatten die Meteorologen für die kommende Woche einen Kälteeinbruch vorhergesagt, ja, man könne auch mit Frost rechnen. Vielleicht würde man einmal wieder auf den Seen und Wiesen Schlittschuh laufen können.

Luise legte die Wäsche zusammen und tat sie in den Schrank. Sie klappte das Bügelbrett zusammen und trug es hinüber ins Schlafzimmer. Auch das Bügeleisen kam, nachdem es ausgekühlt war, in den Kleiderschrank. Dann ging sie zurück in das Kinderzimmer. Die beiden Jungen waren heute Nachmittag nicht da. Der ältere, der jetzt auf das Gymnasium ging, wollte noch für die nächste Klassenarbeit üben, der jüngere war bei einem Freund. Die Kleine, die vor zwei Jahren als Nachkömmling geboren war, hatte sie zu ihrer Schwester gebracht. So konnte sie die Stunden nutzen, um die Tischwäsche und einige Hemden zu bügeln. Das machte sie am liebsten hier im Kinderzimmer. Es war ihr vertraut, sie konnte dabei aus dem Fenster sehen und Radio hören. Normalerweise genoss sie solche Stunden, die sie ganz für sich hatte. Die Arbeit ging ihr dabei gut von der Hand, nur der Rücken schmerzte etwas durch die gebückte Haltung.

Aber heute war sie von einer großen Unruhe erfüllt. Unruhe war eigentlich nicht der richtige Ausdruck war, eher Wut, Zorn und auch Enttäuschung. Heute Morgen hatte es eine heftige Auseinandersetzung zwischen ihr und ihrem Mann gegeben. Worum war es gegangen? Eigentlich um nichts und um alles. Schon länger herrschte zwischen ihnen eine gewisse Sprachlosigkeit und Gereiztheit. Er hatte an allem und jedem etwas auszusetzen, maulte am Essen herum, kritisierte ihre Haushaltsführung, war den Kindern gegenüber ungerecht und unbeherrscht. Natürlich gab es da die Probleme auf der Arbeit, und mit der erhofften Beförderung hatte es auch nicht geklappt. Und sie hatten in diesem Jahr auch keinen Urlaub machen können. Aber sie hatte ihm daraus nie einen Vorwurf gemacht. Selbst die Kinder hatten Verständnis, wenn sie sich etwas nicht leisten konnten wie andere. Aber dann war er die letzten Wochen oft abends erst spät nach Hause gekommen, hatte nach Rauch und Alkohol gerochen. Er hätte sich noch mit Kollegen getroffen, sagte er, aber sie glaubte ihm nicht. Und dann hatte sie diesen Brief in seiner Jackentasche gefunden, einen Brief, der so widerliche Intimitäten enthielt, dass sie ihm heute Morgen heftige Vorhaltungen gemacht hatte. Daraufhin war es zu diesem Streit gekommen. Am Ende war er aus dem

Haus gelaufen und bis jetzt noch nicht zurück.

Immer wieder sah Luise aus dem Fenster. Sie hatte überlegt, ob sie einen der Kollegen ihres Mannes oder ihre Schwester anrufen sollte, es dann aber lieber gelassen. Ob dies das Ende ihrer Ehe bedeutete? Dabei hatte sie gehofft, dass alles gut werden würde und dass ihre Ehe einen neuen Impuls bekommen wurde, als das Mädchen geboren wurde. Aber da hatte sie sich wohl getäuscht.

Sie hatte sich schon öfter vorgestellt, wie es sein würde, wenn es eines Tages tatsächlich vorbei wäre. Wovon sollte sie dann leben, was würde mit den Kindern werden? Mindestens die Kleine brauchte sie noch. Nein, die Kinder würde sie auf gar keinen Fall hergeben. Sie könnte wieder arbeiten gehen, wenigstens halbtags. Sie war doch mit ihren vierzig Jahren nicht zu alt dafür. Berufserfahrung hatte sie auch. Und natürlich müsste er Unterhalt zahlen. Sie würde auch in der Wohnung bleiben. Schließlich war sie hier groß geworden. Dies war ihr Zuhause.

Luise ging hinüber ins Wohnzimmer, nahm die Flasche mit dem Kräuterlikör aus dem Schrank und goss sich ein Glas ein. Sie trank es in einem Zug aus und wollte sich noch einmal einschenken. Aber dann stellte sie die Flasche zurück. Dazu sollte es doch nicht kommen. Das wäre ja noch schöner, wenn sie deswegen zu trinken anfing. In der Küche stand die Kaffeemaschine mit fertig aufgebrühtem Kaffee. Sie schenkte sich eine Tasse ein und ging wieder hinüber in das kleine Zimmer. Sie schob den Sessel unter die Lampe und versuchte eines der Bücher zu lesen, das der Junge neben seinem Bett liegen hatte. Aber dann stand sie wieder auf, blickte aus dem Fenster, kehrte zurück zum Bett des Jungen, zog die Decke nach.

Luise löschte das Licht im Zimmer und trat im Dunkeln erneut ans Fenster. Draußen gingen immer wieder Leute vorüber, Kinder spielten unter der Straßenlaterne, Autos fuhren vorbei, ein Taxi hielt vor dem Haus gegenüber, jemand stieg aus, das Taxi fuhr weiter, ein Junge fuhr mit seinem Fahrrad auf dem Gehweg. Oben am Himmel zogen schwere Wolken dahin. Einige Sterne schimmerten hindurch. Die Glocken der Kirche läuteten zu ihrer gewohnten Zeit. Die Kinder würden gleich nach Hause kommen. Was sollte sie ihnen nur sagen? Ihr graute, wenn sie an das Fest morgen Abend dachte. Wie sollten sie nur feiern können? Selbst wenn er heute noch zurückkäme, es wäre doch alles nur noch eine Farce. Nun ja, um der Kinder willen würde sie stille halten. Langsam stiegen Tränen in ihr hoch, aber der Zorn half ihr, sie zurückzuhalten. Sie warf einen letzten Blick aus dem Fenster, dann zog sie entschieden die Vorhänge zu, trank ihren Kaffee aus und ging zurück in die Küche, um die Kekse in den Ofen zu schieben.

1975 - Veränderungen

Schnell strich sie noch die Decke auf dem Bett glatt und drehte die Heizung etwas höher, damit es schön warm würde. In einer Stunde würde er hier sein, wie immer in den Ferien und an manchem Wochenende. Er brauchte ja das große Zimmer nicht mehr, seitdem er in Freiburg studierte und nur noch selten, eben in den Ferien, nach Hause kam. So war das hier jetzt „sein" Zimmer. Aber wenn er nicht zuhause war, ging Luise gern hinein, um zu lesen oder sich mittags etwas hinzulegen. Anstelle des Kinderbettes von einst stand nun eine Schlafcouch mit einem Kunstdruck von Miró darüber. Der Fußboden war mit einem hellen Teppichboden ausgelegt. Der Schrank war derselbe geblieben und sogar der alte Sessel war noch da. Ein Japan-Ballon in der Ecke sorgte für genügend Licht. Auf dem Tisch verbreitete ein Adventsgesteck weihnachtliche Behaglichkeit. Und natürlich stand da auch ein Teller mit selbstgebackenen Keksen, wie er sie gern mochte.

Luise war stolz auf ihren Sohn. Er würde sicher einmal ein guter Arzt werden. Ihr Mann sagte immer, sie solle den Jungen nicht so verwöhnen. Dabei steckte er selbst ihm immer wieder heimlich einen Geldschein zu, für die Bücher, wie er sagte. Zu dem jüngeren Sohn hatte ihr Mann ein eher distanziertes Verhältnis. Er war ihm wohl zu ruhig und unauffällig. Dabei konnte man überhaupt nicht über ihn klagen. Schule und Lehre hatte er mit ausgeglichenen Zeugnissen absolviert. Die Pubertät war problemlos verlaufen. Luise verstand nicht, warum ihr Mann sich so zurückhaltend ihm gegenüber verhielt.

Ja, der Mann. Ihre Ehe war nicht gerade unglücklich, aber doch ein wenig zur Routine geworden. Er kam oft erst spät abends vom Dienst nach Hause, war noch manchen Sonntag unterwegs. Letztes Jahr hatten sie seit langem einmal wieder richtig Urlaub zusammen gemacht, waren an den Gardasee gefahren. Das war sehr schön gewesen. Besonders hatte es Luise in Venedig gefallen, eine wunderschöne Stadt. Leider hatten sie nur wenig Zeit gehabt. Gern würde sie noch einmal durch die Gassen wandern, mit der Gondel bei Nacht durch die Kanäle fahren, einen Ausflug nach Merano und Burano machen. Vielleicht später einmal.

Luise trat ans Fenster. Es war ein trüber, regnerischer Tag gewesen, viel zu warm für die Jahreszeit. Weihnachtliche Stimmung wollte da so recht nicht aufkommen. Sie konnte kaum erkennen, wer auf der anderen Straßenseite entlang ging. Die ganze Seite war mit Autos zugeparkt. Kinder waren keine auf der Straße, wo hätten sie auch spielen sollen? Überhaupt gab es nur noch wenige Kinder in der Nachbarschaft. Die meisten waren längst erwachsen und fortgegangen. Und viele andere Familien waren auch fortgezogen, hatten sich eine moderne Wohnung gesucht oder ein eigenes kleines Häuschen gebaut. Manches Mal hatten sie und ihr Mann auch schon daran gedacht. Aber Luise mochte sich nicht von der Wohnung und von der Gegend trennen. Obwohl in letzter Zeit viele der kleinen Geschäfte in der Hauptstraße aufgegeben hatten. Sogar der Bäcker an der Ecke hatte für immer geschlossen. Eine Änderungsschneiderei war dort eingezogen. Gegenüber ihrer Wohnung war jetzt eine kleine Pension. Luise war sich nicht sicher, was sie davon halten sollte, merkwürdige Menschen gingen da ein und aus. Neulich war sogar die Polizei in dem Haus gewesen. Heute war da alles dunkel. Niemand schien da zu sein.

Langsam fuhr ein Wagen die Straße herunter, auf der Suche nach einer Parklücke. Abends war es besonders schwierig, sein Auto abzustellen. Manchmal mussten sie bis zu drei Straßen weiter parken. Ihr Mann war dann richtig wütend, besonders wenn er zu tragen hatte. Er geriet in letzter Zeit auch so leicht außer Atem. Luise drängte ihn, zum Arzt zu gehen und sich einmal gründlich untersuchen zu lassen. Aber dann winkte er bloß ab. Er wollte nichts davon hören.

Es fing wieder an zu regnen. Der Schein der Straßenlaternen, die durch moderne Peitschenlampen ersetzt worden waren und viel heller als vorher die Straße ausleuchteten, spiegelte sich in den Pfützen und auf den nassen Autodächern. Luise freute sich den Abend morgen. Sie hatte außer den Keksen einen Klaben gebacken, im Kühlschrank lag die Gans, die Geschenke waren eingepackt und heute Abend würden sie gemeinsam den Weihnachtsbaum schmücken. Und morgen würden sie alle zusammen die Christmette im Dom besuchen. Ihr Mann hatte versprochen mitzukommen. Wenn es nur keinen Streit mit der Tochter gäbe! Weihnachten war doch das Fest der Liebe und des Friedens. Da sollte doch alles freundlich und harmonisch sein.

Luise sah hinaus zum Himmel. Tiefe Wolken zogen über ihn dahin. Kein Stern war zu sehen. Irgendwie war Weihnachten früher schöner gewesen. Wie lange hatte es schon keinen Schnee mehr um diese Jahreszeit gegeben. Weiße Weihnachten gab es nur noch im Fernsehen. Vielleicht sollte man die Feiertage über einmal verreisen, nach Garmisch oder Mittenwald oder wenigstens in den Harz. Oder in den Schwarzwald, nach Freiburg oder Titisee. Dann könnten sie den Sohn besuchen. Ja, das sollten sie tun. Luise wollte noch heute mit ihrem Mann darüber reden.

Sie wischte noch einmal mit dem Tuch, das sie in der Hand gehalten hatte, über die feuchten Scheiben und zog die Vorhänge zu. Das Licht ließ sie brennen. Er musste ja jeden Augenblick kommen.

1983 - Nichts Neues

Irgendwie war das Jahr unbemerkt vorübergegangen. Luise konnte sich an nichts erinnern, was dieses Jahr besonders geprägt hätte. Da waren keine Höhepunkte gewesen, keine Ereignisse, die ihr Leben beeinflusst hätten. Der ältere Sohn hatte sein Studium beendet, arbeitete jetzt in einem Krankenhaus in einer süddeutschen Kreisstadt, deren Namen ihr nichts sagte. Ach ja, verheiratet war er nun auch. Wahrscheinlich würde er nach Silvester mit seiner Frau kommen und sie besuchen. Der jüngere Sohn hatte einen ordentlichen Beruf als Speditionskaufmann erlernt und lebte in einer nahen Kreisstadt. Er war noch unverheiratet. Am Wochenende kam er meist zu Besuch und blieb gern zum Essen. Er würde auch den Heiligen Abend bei den Eltern verbringen.

Die Tochter machte ihr und ihrem Mann schon mehr Kummer. Sie war vor kurzem zu ihrem Freund gezogen, aber hatte immer noch ihr Zimmer bei den Eltern. Dieser Freund gefiel den Eltern gar nicht. Er war älter als sie, hatte keine Arbeit, und Luise glaubte auch, dass er Drogen nahm. Immer wieder hatte sie der Tochter zugeredet, doch von dem Kerl abzulassen, aber vergeblich. Den Schwangerschaftsabbruch vor einem halben Jahr konnte sie vor ihrem Mann verheimlichen. Er hätte sie womöglich aus dem Haus geworfen. Dabei war sie doch ihr Kind. Man kann doch sein eigen Fleisch und Blut nicht vor die Tür setzen.

Luise hatte eine neue Liege für das Zimmer angeschafft. Mittags legte sie sich gern ein wenig hin. Und wenn sie abends allein war und auf den Mann wartete, schaltete sie den kleinen Fernseher ein oder las eines ihrer Bücher. Sie war nicht anspruchsvoll in ihrer Lektüre, aber sie mochte humorige Bücher und auch historische Romane. Die Kinder und ihr Mann schenkten ihr regelmäßig zum Geburtstag und zu Weihnachten mehrere Bände, so dass sie immer gut versorgt war. Neulich war sie das erste Mal in der Kirchengemeinde gewesen. Es gab da ein Seminar für Frauen über den Umgang mit ökologischen Wasch- und Putzmitteln. Das fand sie ganz interessant und sie hatte auch gleich ihre Waschmittel umgestellt. Außerdem waren die anderen Frauen recht nett. Mit zweien von ihnen hatte sie sich auch schon privat getroffen.

Luise sah aus dem Fenster. Es begann schon dunkel zu werden. Noch war gegenüber eine Parklücke frei. Aber wenn ihr Mann vom Dienst käme, würde sicher schon der Sohn von nebenan seinen Wagen dort abgestellt haben. Ihr Mann würde dann wieder in der Nachbarstraße parken müssen und käme also nicht gerade mit bester Laune nach Hause. Dieser junge Mann von nebenan war ihm sowieso ein Dorn im Auge. Oft parkte er auf dem Gehweg vor ihrem Haus, dann wieder feierte er eine Party mit Freunden bei lauter Musik. Einmal hatte er ihren Mann sogar beschimpft. Am besten ging man sich aus dem Wege. Viele Fenster in den Häusern gegenüber waren erleuchtet. Nur im zweiten Stock rechts von der Laterne war seit einer Woche alles dunkel. Seit Jahren lebte dort ein alter Witwer. Nur selten hatte man ihn auf der Straße gesehen. Letzte Woche hatten plötzlich Polizei- und Rettungswagen vor dem Haus gestanden. Wie Luise dann von einer Nachbarin gehört hat, sollte er sich erhängt haben. Überhaupt hatte sich das Leben in der Straße nach und nach verändert. Immer mehr ausländische Familien waren eingezogen, aber auch junge Leute mit den Kindern. Von den Alten, die sie von ihrer Jugend her gekannt hatte, war kaum noch jemand da.

Das Wetter war merkwürdig. Es war nicht warm und nicht kalt, der Himmel war bedeckt, aber es regnete nicht. Der Mond schien manchmal zwischen den Wolken durch, Sterne konnte sie keine erkennen. Ein Flugzeug zog mit seinen Positionslichtern seine Bahn und setzte zur Landung auf den nahen Flugplatz an. Einmal über Weihnachten verreisen, in den Süden, dorthin, wo es warm ist, davon träumte Luise. Weihnachten unter Palmen, wie schön wäre das! Aber vielleicht auch nicht. Wahrscheinlich würde sie dann doch etwas vermissen.

Luise hatte einen großen Stern aus Transparentpapier gebastelt. Den brachte sie jetzt an der Fensterscheibe an. Außerdem hatte sie auf der Fensterbank einen Lichterbogen stehen, so einen originalen aus dem Erzgebirge. Sie nahm ein Streichholz und zündete die Kerzen an. Ihr wurde ein wenig weihnachtlich zumute. Wie gut sie es doch hatten! Wenn sie nur an ihre Mutter dachte, an die Kriegsjahre und die erste Zeit danach: wie schwer ist damals alles gewesen! Nein, man musste schon dankbar und zufrieden sein! Natürlich hatten auch sie ihre Sorgen gehabt und es hatte auch Krisen gegeben, in der Ehe, in der Familie. Aber schließlich waren sie mit allem fertig geworden.

Luise schaltete den Fernseher ein und legte sich auf die Liege. Es gab ein Adventskonzert aus irgendeiner schönen alten Kirche in Bayern .Sie achtete nicht auf die Bilder, sondern ließ sich von der Musik einhüllen wie von einer warmen Decke. Wenigstens eine halbe Stunde wollte sie ausruhen. Danach würde sie aufstehen und das Essen für ihren Mann zubereiten. Heute Abend würde es nur Bratkartoffeln mit Spiegeleiern geben. Für morgen hatte sie sich etwas Besonderes ausgedacht: Lammfilet mit Bohnen und Kroketten, danach ein Zimtparfait. Die Einkäufe hatte Luise alle erledigt. Sie konnte nicht verstehen, wieso die anderen Frauen erst im letzten Augenblick losgingen und sich so in Weihnachtsstress brachten. Auch die Weihnachtsgeschenke lagen längst eingepackt im Schrank. Für ihren Mann hatte sie ein modernes Oberhemd und einen Pullover gekauft. Er wünschte sich ja nie etwas. Aber diesmal bekam er auch die Bohrmaschine dazu, von der er im Sommer geredet hatte, als er die Bilder aufhängen sollte und erst ihren Bruder um einen Bohrer bitten musste. Für die Tochter hatte Luise Konzertkarten bestellt, dazu ein exotisches Eau de Toilette. Der jüngere Sohn sollte ein gutes Duschgel, einen schönen Schal und ein Buch bekommen. An den älteren Sohn und seine Frau hatte sie ein Päckchen mit Keksen und Klaben geschickt und einen Umschlag mit Geld beigefügt. Dann könnten sie sich kaufen, was sie brauchten.

Das Adventskonzert war zu Ende. Luise stand auf, schaltet den Fernseher aus und ging noch einmal ans Fenster. Am Himmel kamen jetzt doch einige Sterne zum Vorschein. Luise sah zu ihnen empor. Der besonders helle Stern war heute nicht zu sehen. Vielleicht war er noch nicht aufgegangen oder versteckte sich gerade hinter einer Wolke. Sie zog die Vorhänge weiter zu Seite, damit keine Gefahr durch die Kerzen bestand. Sie verharrte noch eine Weile, mit ein wenig Schwermut im Herzen, ohne recht zu wissen, warum. Dann gab sie sich einen Ruck und ging energisch in Richtung Küche.

1991 - Das Weihnachtsfenster

Das war nun schon das zweite Weihnachten, das sie beide allein feierten. Der Sohn konnte seine Praxis, die er in Offenburg betrieb, nicht verlassen. Die Tochter war mit ihrem Lebensgefährten auf die Kanarischen Inseln geflogen. Geheiratet hatte sie immer noch nicht. Aber der Freund hatte wenigstens einen ordentlichen Beruf. Der jüngere Sohn wollte mit Freunden einen Skiurlaub in der Schweiz machen. Mit Weihnachten und Familie könne er überhaupt nicht so recht etwas anfangen, hatte er einmal geäußert. Der ganze Rummel um Weihnachten sei ihm viel zu kommerziell und verkitscht. Dabei war er doch immer mit zur Christmette gegangen. Luise verstand ihn nicht.

Wahrscheinlich aber würden Sohn und Schwiegertochter aus Süddeutschland mit den beiden Enkelkindern zwischen Weihnachten und Silvester für zwei Tage kommen. „Sollen wir überhaupt einen Baum aufstellen?“ - hatte ihr Mann sie gefragt. Aber sie hatte darauf bestanden. Weihnachten ohne Baum wäre überhaupt ein richtiges Weihnachten. Und groß müsste der Baum sein. Und eine richtige Tanne. Einen solchen Baum hätten sich die Eltern ja früher nie leisten können. Und so hatte ihr Mann schließlich doch einen Baum gekauft, nicht ganz so groß zwar, aber doch eine Nordmanntanne. Und jetzt war er dabei, die Kerzen aufzustecken und die Kugeln anzuhängen. Echte Wachskerzen sollten es schon sein, und Silberkugeln, und Lametta, ganz wie früher. Luise sah ihm dabei zu, wie er sich bückte und streckte. Eigentlich sah er noch ganz gut aus, trotz der grauen Haare und des leichten Bauchansatzes.

Sie hatten das kleine Zimmer, in dem einmal die Großmutter, dann sie selbst und schließlich der Sohn gewohnt hatten, durch einen Durchbruch mit dem Wohnzimmer verbunden. Es war jetzt ein schöner großer Raum. Das kleine Zimmer bildete davon den gemütlicheren Teil. An der Wand stand ein Side-Board, daneben ein Halogen-Deckenfluter. Vor dem Fenster neben einem kleinen Tischchen stand immer noch der alte Sessel. Ihr Mann hatte ihn selbst restauriert. Hier saß sie gern und schaute aus dem Fenster.

Auf dem Tisch brannte eine Kerze, dabei stand eine Flasche roter Burgunder mit zwei Gläsern. Im Wohnzimmer lief adventliche Musik vom CD-Player. Schon ihre Eltern hatten es so gehalten. Nur war es damals statt des Burgunders süßer Likör gewesen. Und statt der Musik vom CD-Player war das Radio gelaufen. Die Eltern hatten anfangs noch einen richtigen „Volksempfänger“ gehabt, einen kleinen schwarzen Kasten mit Drehkondensator. Später war es dann eine Musiktruhe mit Plattenspieler. Aber Schallplatten hatten sie sich nie leisten können.

Der Baum hatte seinen Platz vor dem Fenster im größeren Teil des Raumes gefunden. „Soll ich die alte Spitze auch aufstecken?“ - fragte ihr Mann. „Sie ist ziemlich abgeblättert und hat an der Seite ein kleines Loch.“ „Doch“- antwortete sie, „sie ist ja noch von meinen Eltern. Ich sehe noch meinen Vater vor mir, wie er sie immer mit großer Sorgfalt behandelt hat.“ „Und bau bitte auch die Krippe auf, die uns die Kinder gebastelt haben!“ „Aber die fällt doch schon fast auseinander.“ „Das macht nichts, sie ist von den Kindern.“

Die Vorhänge vor dem Fenster standen offen, die Jalousie hochgezogen. Luise sah hinaus. Der Raureif hatte eine ganz dünne weiße Decke auf Dächer, Zäune, Bäume und Büsche gelegt. Es war sternenklar, aber mondlos. Die Straße war wie immer auf beiden Seiten zugeparkt. Nur sehr vorsichtig konnten größere Wagen passieren. Darum war sie auch zur Einbahnstraße erklärt worden. Eine junge Frau mit Kinderwagen betrat eines der gegenüberliegenden Häuser. Luise kannte die Familie. Sie traf die junge Frau fast jeden Tag auf der Straße. Auch der Mann begrüßte sie immer recht freundlich. In demselben Haus wohnte auch noch eine ausländische Familie mit zwei Kindern, zwei aufgeweckte, freundliche Jungen, die ihr auch schon einmal die Tasche tragen halfen, wenn sie vom Einkaufen zurückkam. Die Fenster der Häuser waren fast alle hell beleuchtet mit Lichterketten, blinkenden Sternen und weihnachtlichen Motiven. Jedes Jahr waren es mehr geworden. Luise zog echte Kerzen vor.

Vorsichtig stieg der Mann auf einen Küchenstuhl, um die Spitze am Weihnachtsbaum anzubringen. Er war vor vier Jahren in den vorzeitigen Ruhestand getreten. Sein Herz war nicht ganz in Ordnung. Er ist so viel ruhiger geworden - dachte Luise - aber auch schweigsamer. Manchmal ist er so in sich gekehrt. Ich weiß gar nicht, was mit ihm los ist. Ich würde gern mehr mit ihm reden. Man muss doch reden, sonst hat man sich bald wirklich nichts mehr zu sagen. Aber so ist er eben. Und darum ist es auch in Ordnung so. „Schade, dass die Kinder morgen nicht da sind" - sagte sie. „Sie kommen doch nächste Woche" - erwiderte er. - „Ja, aber mit kleinen Kindern ist Weihnachten einfach schöner. Ohne Kinder ist es kein wirkliches Weihnachten." - „Hast du auch alle Geschenke eingepackt?" - „Ja, natürlich. Sie liegen im Schlafzimmer auf dem Kleiderschrank." - „Hast du auch an deine Schwester gedacht?" - „Sicher." Wie jedes Jahr feierten sie bei der Schwester und ihrem Mann den Jahreswechsel. Der Bruder war vor drei Jahren an Lungenkrebs gestorben. Zu seiner Frau hatten sie nie recht Kontakt bekommen. Sie waren auch nicht eingeladen worden, als der Neffe geheiratet hatte.

„Sieh nur, wie klar der Himmel ist. Und wie hell die Sterne glänzen. Als kleines Mädchen glaubte ich, dass der besonders helle Stern dort meine Großmutter wäre, die mir zublinzelte.“ - „Das ist der Jupiter, der ist der größte und hellste Planet.“ - „Und dieses Sternenpaar dort sind meine Eltern. Wie nahe sie beieinander sind, viel mehr als im Leben.“ - „Kannst du mir mal das Lametta reichen?“ - „Das hier ist immer mein Fenster gewesen, weißt du, mein Weihnachtsfenster. Jedes Jahr bin ich am Abend vor Weihnachten in dieses Zimmer gekommen und habe hinaus gesehen. Und wenn ich hier stehe, sehe ich mein ganzes Leben vor mir, was gewesen ist und was kommen wird. Ich sehe auch die Welt draußen, wie sie sich verändert und eigentlich immer gleich bleibt. Und ich sehe den Himmel. Am schönsten finde ich den Himmel, wenn er so ist wie heute, mit all den Sternen. Dann sind sie alle da, meine Eltern und Großeltern, mein Bruder, meine Tante, alle die mich im Leben begleitet haben. Sie blinken mir zu und ich winke ihnen zurück.“ Der Mann stieg vom Stuhl herab, trat auf seine Frau und nahm sie in den Arm. “Eines Tages werde ich dir auch zublinken, Luise, und du winkst zurück.“ „Oder umgekehrt. Und noch später blinken wir beide gemeinsam unseren Kindern und Enkel zu, wenn sie an diesem oder einem anderen Fenster stehen.“

1999 - Es war sehr nett gewesen

Schon fast eine Stunde saß Luise nun im Dunkel an „ihrem Fenster“, wie sie das Fenster in der Nische des Wohnzimmers nannte. Früher einmal war diese Nische das kleine Zimmer gewesen, in dem erst die Großmutter, dann sie selbst und später der Sohn gewohnt hatten. Jetzt stand dort der Fernseher und neben dem Fernseher der bequeme Sessel, in dem sie Platz genommen hatte. Sie hatte die Füße auf einen Hocker gelegt und träumte mit offenen Augen vor sich hin. Den alten Weidensessel hatte sie kürzlich in den Keller gebracht, weil er auseinander zu brechen drohte. Ganz mochte sie sich aber noch nicht von ihm trennen. Unter dem Fenster stand ein kleiner Tisch mit einem Adventsgesteck darauf. Auf dem Side-board hatte sie die Weihnachtspyramide aufgebaut, die ihr die Tochter vor einigen Jahren aus dem Urlaub im Thüringer Wald mitgebracht hatte. Luise stand auf, nahm, die Streichhölzer in die Hand und steckte die Kerzen an. Langsam begannen die Figuren sich zu drehen, dann immer schneller, unten die Krippe mit Maria und Joseph, den Heiligen Drei Königen, darüber die Hirten, ganz oben die Engel.

Luise setzt sich wieder in den Sessel. Im Zimmer war es angenehm warm. Trotzdem legte sie sich noch eine Wolldecke über die Beine, da sie leicht kalte Füße hatte. Seit einem Jahr war sie nun allein, seit der Mann an einem Schlaganfall gestorben war. Mitte Dezember letzten Jahres war es gewesen. Die Trauerfeier hatte nur in einem kleinen Kreis stattgefunden. Nach der Einäscherung war die Urne auf einem anonymen Gräberfeld beigesetzt werden. Zunächst hatte sich Luise dagegen gesträubt. Aber wer sollte später einmal das Grab pflegen? So hatte sie dem Vorschlag der Kinder nachgegeben. Ihrem Mann war es ohnehin egal gewesen.

Anfangs war ihr das Alleinsein noch schwer gefallen, aber nun begann sie es auch zu genießen, über ihre Zeit selbst verfügen zu können. Sie hatte einen kleinen Kreis von Freundinnen, mit denen sie gemeinsam regelmäßig essen ging. Manchmal spielten sie auch Karten. Einmal im Monat besuchte sie den Frauenkreis in der Gemeinde, hin und wieder ging sie zum Gottesdienst. Aber genauso gern bummelte sie auch allein durch die Stadt, kaufte sich, was ihr gefiel und freute sich auf ihr schönes Zuhause. Dann saß sie hier im Sessel, las ein Buch, löste Kreuzworträtsel und sah ein wenig fern.

Sie hatte heute nichts Rechtes mehr zu tun. Was nötig war, hatte sie schon im Laufe der Woche eingekauft. Morgen würde ihre Tochter sie abholen und sie würden gemeinsam mit ihrem Lebensgefährten den Heiligen Abend verbringen. Nach der Christmette im Dom würde die Tochter sie wieder nach Hause fahren. Den Ersten Weihnachtstag würde ihre Schwester mit Mann zu ihr kommen und sie würden zusammen Musik hören und über alte Zeiten reden. Am zweiten Feiertag wollte Luise mit dem ICE nach Freiburg fahren und beim Sohn und seiner Familie den Jahreswechsel feiern. Sie hatte sich eigens dafür ein schickes neues Kleid gekauft, denn es sollte eine Gala-Nacht in einem feinen Hotel werden. Die ganze Ärzteschaft traf sich dort. Seit langem würde Luise einmal wieder tanzen können. Sie freute sich darauf. Vor allem aber freute sie sich, die Enkelkinder wieder zu sehen, die nun auch nicht mehr ganz klein waren.

Gestern hatte der jüngere Sohn angerufen. Er würde über Weihnachten wohl nicht kommen. Er hätte etwas anderes vor und es ginge ihm auch nicht so gut. Vielleicht würde er zum Jahresbeginn vorbeischauen. Luise war nicht besonders überrascht, aber einen leichtern Schmerz versetzte ihr diese Absage doch.

Einen Weihnachtsbaum hatte Luise nicht aufgestellt. Wozu auch? Sie war ja kaum zuhause. Und die Wohnung war auch so festlich genug geschmückt. Sie hatte ihren Baum auch schon in der Gemeinde bei der Weihnachtsfeier für die Senioren gehabt. Erst wollte sie nicht hingehen, weil sie sich noch nicht so alt fühlte. Aber dann war sie doch mit ihrer Schwester gegangen. Und es war sehr nett geworden. Der Kinderchor hatte adventliche Lieder gesungen, der Pastor eine besinnliche Geschichte vorgelesen, und sie hatte manches vertraute Gesicht entdeckt. Es gab einen guten Kaffee, leckeren Mandelstollen und Weihnachtskekse, die der Frauenkreis gebacken hatte. Zum Schluss hatte jeder einen Kalender für das neue Jahr bekommen. Nein, es war wirklich sehr nett gewesen.

Luise stand auf von ihrem Sessel und trat an das Fenster. Sie zog die Jalousien hoch und sah auf die Straße. Am Nachmittag hatte es noch geregnet, jetzt war die Nässe leicht überfroren und glänzte im Schein der Straßenlaternen. Einige Fußgänger kamen, sehr vorsichtig die Füße setzend, von der Hauptstraße her. Zwei Kinder hatten sich eine kleine Rutschbahn angelegt, auf der sie fröhlich hin- und herglitten. Da kam einer der Nachbarn, ein älterer Mann, vor die Tür, schimpfte sie aus und erklärte ihnen, wie gefährlich doch so etwas auf dem Fußweg sei. Zur großen Enttäuschung der Kinder griff er in einen Eimer mit Streusalz und streute damit den ganzen Fußweg ab. Die Kinder liefen ein paar Häuser weiter und begannen von neuem zu rutschen.

Allmählich traten einige Sterne am Himmel hervor, unter dem eine dünne, faserartig verzogene Wolkenschicht hing. Im Westen warf die untergegangene Sonne noch einen letzten rötlichen Schein auf die Wolken, die Luise an das Leuchten der Ofenklappe an kalten Wintertagen erinnerten. Immer heller strahlten die Sterne jetzt auf. Die Namen der Sterne und Sternbilder kannte Luise immer noch nicht. Trotzdem waren ihr die Sterne vertraut. Mit jedem von ihnen verband sie eine Erinnerung an einen Menschen, der sie einmal im Leben begleitet hatte. Nun standen sie dort oben am Himmel und schauten auf sie herab. Und wenn sie so blinkten, war es Luise, als winkten sie ihr freundlich zu. Langsam hob sie die rechte Hand und winkte zurück: „Fröhliche Weihnachten euch allen da oben!“

2007 - Das Licht verblasst

Die Vorhänge waren einen Spalt breit geöffnet, gerade so viel, dass das Licht der Straßenlaterne ins Zimmer viel. Ein leichter Sprühregen ließ dieses Licht diffus erscheinen. Von ihrem Bett aus konnte Luise die Straße nicht erkennen. Nur das erleuchtete Fenster von Gegenüber verschaffte ihr eine Ahnung von dem Leben draußen, an dem sie nicht mehr teilhaben konnte, seitdem sie ohne Hilfe die Wohnung nicht mehr verlassen konnte. In der Wohnung selbst konnte sie sich noch einigermaßen bewegen, indem sie sich an den Wänden und den Möbeln abstützte. Hier war ihr ja alles noch vertraut.

Die Pflegerin hatte die Wohnung vor einer halben Stunde verlassen, nachdem sie ihr das Abendessen zubereitet und bei der Abendtoilette geholfen hatte. Zweimal am Tag, morgens und abends, kam die junge polnische Frau vom Pflegedienst, um Luise zu waschen, ihr die Haare zu kämmen, alle zwei Tage zu duschen, ihr beim Ein- und Auskleiden zu helfen, die Einnahme der Tabletten zu überwachen und auch sonst alles Nötige zu tun. Erst nach zweimaligem Anlauf war es der Tochter gelungen, die erforderliche Pflegestufe zu bekommen. Ganz recht war es Luise nicht gewesen. Sie kam doch noch ganz gut allein zurecht, dachte sie jedenfalls. Erst nachdem sie das letzte Mal gestürzt war und fast zwei Stunden im Bad gelegen hatte, war sie mit der Hilfe einverstanden gewesen. Seitdem trug sie um den Hals einen Notrufknopf, mit dem sie den Notdienst der Malteser herbeirufen konnte. Sie fühlte sich damit viel sicherer. Das Mittagessen wurde pünktlich um 12.00 Uhr von einem jungen Mann gebracht. Er war freundlich, scherzte gern mit Luise, konnte aber nie lange bleiben. Das Essen war ganz ordentlich, wurde auf die

Dauer aber etwas eintönig. Eine Nachbarin reinigte einmal in der Woche die Wohnung und erledigte die kleinen Einkäufe. Viel brauchte Luise ja nicht, etwas Brot und Auflage, Obst und Getränke, ihre Medikamente und ein paar Sanitärartikel. Die Nachbarin erhielt für ihre Dienste ein geringes Entgelt. Dafür reichte die Rente gerade noch.

Von der Nachbarin erfuhr Luise auch, was es in der Straße an Neuigkeiten gab. Von den früheren Bewohnern waren ja nur wenige geblieben, Viele waren gestorben, andere weggezogen. An ihrer Stelle waren junge Leute, oft Studenten von der nahen Hochschule, eingezogen. Das kleine Lebensmittelgeschäft war längst verschwunden, aus der Bäckerei war die Änderungsschneiderei mit einem türkischen Inhaber geworden. Nur die Kneipe an der Ecke war geblieben, wenn auch verwandelt in ein griechisches Restaurant mit italienischen Gerichten.

Manche der alten Häuser waren auch von ausländischen Familien aufgekauft worden. Neulich hatte es einen wilden Familienstreit in einer russlanddeutschen Familie gegeben, bei dem die Polizei einschreiten musste. Nicht, dass es das früher nicht auch gegeben hätte, aber Luise und andere fühlten sich immer weniger wohl in der Straße. Dabei bot die Straße eigentlich ein ganz friedliches und auch hübsches Bild. Zwar engten die geparkten Autos die Straße sehr ein, aber zahlreiche Bäume und Büsche in den Vorgärten, berankte Balkone, Blumenkübel in den Eingängen und bunte Fassaden schufen ein fast mediterranes Flair. Luise saß an warmen Tagen im Sommer auch gern auf ihrem Balkon, von dem aus sie hinter Weinranken bis zur Hauptstraße blicken konnte. Oft winkten ihr die Vorübergehenden dann freundlich zu oder riefen einen Gruß herauf.

Luise richtete sich ein wenig in ihrem Bett auf und griff nach dem Roman, in dem sie jeden Tag ein wenig las. Das Lesen strengte sie immer mehr an. Auch war sie meist schnell müde, so dass ihr die Augen zufielen. Sie musste dann nur noch die Nachttischlampe ausmachen, um einzuschlafen. Fernsehen mochte sie vom Bett aus nicht. Dazu hätte sie anders liegen müssen, damit sie sich nicht den Hals verdreht. Auch waren ihr das Programm zu seicht oder die Filme zu laut und brutal. Am meisten störten sie die dauernden Werbeunterbrechungen. Sie versäumte aber keine Nachrichtensendung und schaute gern Dokumentationen und Tierfilme. Vor dem Einschlafen aber las sie am liebsten noch ein wenig. Früher ist sie ja immer sehr spät zu Bett gegangen und morgens nicht so früh aufgestanden. Aber durch den Pflegedienst ging das nicht mehr.

Morgen Abend würde die Pflegerin nicht kommen. Dafür hatte sich die Nachbarin, die selbst keine Familie hatte, bereit erklärt, am Abend bei Luise vorbeizuschauen. Sie wollte ihr Kartoffelsalat und Würstchen mitbringen, und dann würden beide gemeinsam die Christvesper aus der Frauenkirche in Dresden schauen. Luises Tochter würde sie in diesem Jahr weder abholen noch besuchen. Sie wollte mit ihrem Lebensgefährten über Weihnachten und Neujahr eine Kreuzfahrt in die Karibik machen. Schon lange hatte sie sich das gewünscht. Luise hatte dafür Verständnis, auch wenn sie ein wenig traurig war, allein bleiben zu müssen. Sie würde mit dem jüngeren Sohn telefonieren und man würde sich gegenseitig ein frohes Fest wünschen. Er wolle am zweiten Feiertag kommen, hatte er gesagt, und was Luise sich wünsche. Was soll man sich diesem Alter schon wünschen? Wenn er käme, wäre das genug Freude.

Luise blickte nach dem Foto, auf dem der ältere Sohn mit seiner Familie abgebildet war. Wie groß und erwachsen die Kinder inzwischen waren! Vielleicht würde ja einer der Enkel im nächsten Jahr nach Bremen kommen und hier studieren. Er könnte sogar bei ihr wohnen, am Anfang zumindest. Er hätte es nicht weit bis zur Hochschule und würde auch viel Geld sparen. Aber bisher hatte er sich dazu noch nicht geäußert. Sie hatte ihre Enkelkinder nun schon zwei Jahre lang nicht mehr gesehen. Luise schob das Foto etwas weiter ins Licht.

Luise las noch zwei, drei Seiten. Dann legte sie das Buch weg. Sie entschloss sich, doch noch einmal auf die Toilette zu gehen. Dann müsste sie nicht in der Nacht hinaus. Mühsam richtete sich auf, griff nach dem Rollator, der am Fußende des Bettes stand, und ging über den Flur ins Badezimmer. Es dauerte eine Weile, bis sie zurückkam. Auf dem Tisch standen noch die Wasserflasche und ein Glas. Eigentlich hatte Luise keinen Durst. Sie hatte nie Durst. Aber Pflegerin und Nachbarin drängten sie, viel zu trinken. Das würde den Kreislauf stützen und das Gehirn in Gang halten. Sie schenkte sich ein Glas ein und trank es in kleinen Schlucken aus. Dann schob sie den Rollator neben das Bett und löschte das Licht. Aber sie legte sich noch nicht gleich hin, sondern ging zum Fenster, wo sie sich auf der Fensterbank abstützte.

Sie schaute durch den Spalt in der Gardine. Es nieselte immer noch, Sterne waren keine zu sehen. Dazu wäre es hier in der Stadt inzwischen auch viel zu hell gewesen. „Lichtverschmutzung“ nannten die von der Zeitung das. Früher hatte Luise den Sternen zugewunken. Auch jetzt hob sie zögernd die Hand. Aber kein Funkeln antwortete ihr. Dabei müsste einer der Sterne sie jetzt auch von ihrer Schwester grüßen, die vor einem halben Jahr im Pflegeheim gestorben war. Luise hatte noch an der Trauerfeier im Bestattungsinstitut teilgenommen. Die Trauerfeier hatte kein Pastor gehalten. Ein Trauerredner sprach von der Vergänglichkeit allen Lebens und dass jeder doch in der Erinnerung der anderen weiterlebte. Von der Schwester wusste er nur zu sagen, dass sie gern Kreuzworträtsel gelöst habe und ein gütiger Mensch gewesen sei. Nicht einmal ein Vaterunser wurde gesprochen. Zur Urnenbeisetzung war Luise nicht mitgegangen.

Unten auf der Straße fuhr ein Wagen vorbei und hielt vor dem Nachbarhaus. Ein junges Pärchen stieg aus und verabschiedete sich lachend von den Mitfahrern. Dann verschwand es in der Haustür. Luise zog den Vorhang ganz zu und ging langsam hinüber zum Bett. Hinter dem Vorhang zeichnete sich durch das Licht von draußen schwach das Fenster ab. Sie lag noch eine Weile mit offenen Augen da, bevor sie in einen leichten Schlaf fiel, begleitet von flüchtigen Traumbildern aus ihrer Kindheit.

2010 - Es ist wirklich schön

Erst in der Nachbarstraße hatten sie einen Parkplatz gefunden. So kamen sie von der Hauptstraße her in die Straße, die vollgeparkt war mit Autos der verschiedenen Klassen. Es wurde langsam dunkel. Der Himmel hatte sich von Westen her rot gefärbt. „Wat is de heben so rot?" – „Dat sünd de Engels, de bakt dat Wiehnachtsbrot, " so hatten die Kinder früher gesungen. Die Luft war klar und kalt, aber nicht frostig. Die beiden, ein junger Mann und eine junge Frau, blieben vor dem Haus stehen. Die Fenster waren alle dunkel. An den Scheiben hingen Gardinen und ließen nicht erkennen, ob das Haus bewohnt war oder nicht. Die Pflanzen im Vorgarten lagen im Winterschlaf, ließen ihre Blätter braun und unansehnlich hängen.

Die beiden betrachteten einen Augenblick schweigend das Haus. „Es ist schön", sagte der Mann, „und es gehört uns." „Ich weiß nicht", antwortete die Frau, „es ist so alt." „Du wirst schon sehen. Warte ab, bis wir alles umgebaut haben. Komm, lass uns hinein gehen."

Er schloss die Haustür auf, machte das Licht im Treppenhaus an. Ein leicht modriger Geruch schlug ihnen entgegen. Dann öffnete er die Tür zu unteren Wohnung und sie betraten den Flur. „Hier unten kommen unser Wohnzimmer und die Küche hin, dazu eine Gästetoilette. Die beiden kleineren Räume und den größeren hier unten vereinen wir zum Wohnzimmer. Aus dem Schlafzimmer und der alten Küche hinten machen wir die neue Küche. Natürlich müssen alle Leitungen neu verlegt werden. Auf den Fußboden kommt Parkett, die Fenster werden erneuert. So sind sie besser gedämmt gegen Lärm und Kälte. Hier vom Erker aus lässt sich die Straße wunderbar überblicken. Dann siehst du gleich, wenn deiner Mutter uns besucht. Komm, wir gehen nach oben."

Sie traten wieder ins Treppenhaus und gingen die hölzerne, etwas knarrende Treppe hinauf. Die Tür zur mittleren Wohnung stand offen. „Hier oben kommen unser Schlafzimmer und die Kinderzimmer hin. Nach vorn das Schlafzimmer mit dem Balkon. Die beiden anderen Räume werden zu Kinderzimmern. Und aus der bisherigen Küche machen wir das Bad. Das alte Badezimmer wird zum Duschraum mit einer zweiten Toilette, " sagte der Mann mit einer leichten Begeisterung in der Stimme. „Hier in der Küche soll während des Krieges einmal eine Brandbombe eingeschlagen sein. Der Sohn der Vorbesitzerin hat davon erzählt. Sie soll ausgerechnet in einen Sandeimer gefallen sein, nachdem sie alle Decken durchschlagen hatte, " wusste die Frau zu erzählen. Sie war in das Zimmer getreten, das zum Hof hinausging. „Schau, hier ist auch noch ein Balkon. Aber der ist nicht so schön. Ich glaube, der liegt völlig im Schatten." Beim Blick auf die rückwärtige Hausseite der gegenüber liegenden Häuserreihe sahen sie in die Schlafzimmer und Küchen. In vielen Häusern brannte Licht, waren die Menschen mit irgendwelchen Tätigkeiten beschäftigt, die sie aber nicht erkennen konnten. In einem der Räume gegenüber zog sich gerade ein Mann aus. Er störte sich offenbar nicht daran, dass er sich völlig nackt den Betrachtern darbot.

„Gehen wir noch nach oben." Unter dem Dachboden befand sich eine dritte Wohnung mit zum Teil schrägen Wänden. „Hier können wir unsere Arbeitszimmer einrichten. Wenn du willst, kannst du das hintere oder das vordere nehmen." „Ich nehme das hintere", sagte sie. „Das scheint mir ruhiger zu sein." „Erstaunlich, dass in diesem Haus früher drei Familien gewohnt haben. Manche hatten sogar drei oder vier Kinder gehabt." „Ja, und kein Bad und keine Zentralheizung." Der Mann prüfte die Fenster nach ihrer Dichtigkeit und klopfte an die Wände. „Legen wir hier auch Parkett?" fragte die Frau. „Oder doch lieber einen Teppichboden?" „Ich weiß nicht", antwortete er. „Den Dachboden müssen wir auch noch dämmen. Da kannst du dann übrigens die Wäsche zum Trocknen aufhängen. Aber da gehen wir jetzt nicht hinauf. Es ist schon zu dunkel. Und den Keller sehen wir uns auch lieber nach Weihnachten an." „Aber ich möchte noch einmal in die erste Etage gehen", sagte die Frau.

Sie stiegen wieder die Treppe hinab, betraten den Flur und das Wohnzimmer der Vorbesitzerin. Der Raum wirkte sauber und gepflegt, nur die Tapeten waren verblasst und wiesen an einigen Stellen dunkle Ränder auf. Hier hatten wohl Bilder gehangen. Die Gardinen und Vorhänge waren hängen geblieben, so dass der Raum weniger kahl wirkte. Auch die Deckenlampe war noch da. Die Heizung war auf die niedrigste Stufe eingestellt und war so gegen das Einfrieren gesichert. Die Frau ging durch den Mauerbogen in den Nebenraum, der einmal ein eigenes Zimmer gewesen war. „Hier, diese kleine Nische mit dem Balkon davor finde ich so gemütlich. Hier stellen wir uns einen Sessel hin. Und im Sommer setze ich mich auf den Balkon in die Sonne. Hier können auch die Kinder ganz gut spielen. Komm, lass uns mal auf den Balkon gehen." Sie öffnete die Tür und trat hinaus. Von der nahen Kirche läutete die Abendglocke. Es war inzwischen fast ganz dunkel geworden. Der letzte Schein des Abendrots verblasste langsam. Die ersten Sterne traten hervor. Die Frau atmete die kühle Luft tief ein und schaute zum Himmel auf. Da war ein besonders hell funkelnder Stern. „Schau mal", sagte die Frau zu ihrem Mann. „Der Stern von Bethlehem. Er scheint genau auf uns." Und es schien ihr, als wollte er ihr einen Gruß senden. Ihr Herz weitete sich und sie empfing diesen Gruß als ein Zeichen vom Himmel. Sie lächelte ihrem Mann zu.

Beide, der Mann und die Frau, traten wieder in das Zimmer und schlossen die Balkontür. Als sie sich gerade mit einem letzten Blick der Tür zuwenden wollten, fiel dieser auf die Fensterbank. Dort lag ein Bilderrahmen mit dem Rücken nach oben. Die Frau nahm den Rahmen in die Hand und drehte ihn um. Es war ein Familienfoto, das ein jüngeres Paar mit drei Kindern zeigte. „Das müssen die Vorbesitzer hier wohl vergessen haben“, meinte der Mann. „Ob wir es ihnen zuschicken sollen?“ „Ach nein, antwortet die Frau. „Ich möchte, dass wir es hier in diesem Raum aufhängen, als Erinnerung an die Menschen, die vor uns hier gelebt haben. Damit sie nicht vergessen werden.“

Sie löschten das Licht, schlossen die Tür zur Wohnung, gingen die Treppe hinunter, verschlossen die Haustür und blieben noch einen Augenblick vor dem Haus stehen. „Ja, es ist wirklich schön“, sagte die Frau.

Printed by Books on Demand GmbH, Norderstedt / Germany